LA RESTAURATION

DU

PORTUGAL,

HOMMAGE

DE M. LE Vᵗᵉ CALVIMONT SAINT-MARTIAL

A S. M. DON MIGUEL Iᵉʳ.

PARIS,

IMPRIMERIE DE H. FOURNIER,

RUE DE SEINE, Nᵒ 14.

1828.

LA RESTAURATION

DU

PORTUGAL.

LA RESTAURATION

DU

PORTUGAL,

HOMMAGE

DE M. LE Vᵗᵉ CALVIMONT SAINT-MARTIAL

A S. M. DON MIGUEL Iᵉʳ.

PARIS,

IMPRIMERIE DE H. FOURNIER,
RUE DE SEINE, Nº 14.

1828.

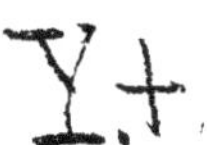

LA RESTAURATION

DU PORTUGAL.

***

Don Miguel ! à ce nom se réveille en mon cœur

L'espoir du Portugal dont il est la splendeur ;

En vain des factions la puissance éphémère

Voudroit-elle à ses lois soumettre une autre terre :

Bannie avec horreur de ce noble pays,

Où l'homme a des vertus et le Roi des amis,

De cette antique Espagne, objet de son envie,

Elle vint à sa porte allumer l'incendie ;

Elle espéra dès lors, par un double attentat,

Soumettre à ses desseins et l'un et l'autre état.

Les peuples ont courbé la tête devant elle ;

L'Espagne cependant, à ses princes fidèle ,

Et sachant avant tout respecter leur pouvoir,

A le garder intact met son premier devoir ;

L'attaquer ne seroit qu'aguerrir son courage ;

La tempête pour elle écarte le naufrage.

La révolution, perfide en ses moyens,

En ce moment critique, a des pays voisins

Violé le territoire avant l'heure marquée,

Pour reprendre sa marche un moment entravée,

Déjà le Portugal s'embrase de ses feux,

Et l'Espagnol fidèle a frémi devant eux.

Tel on voit dans les mers, au plus fort des batailles,

Un superbe vaisseau de ses larges entrailles

Vomir impunément le meurtre et le trépas,

Et flotter en vainqueur au milieu des combats.

Mais avant que de fuir sa terrible présence,

L'ennemi reparoît et bientôt il s'avance,

Lâchement précédé par l'un de ces vaisseaux

Dont les bords rougissants font bouillonner les flots,

Qui, d'un feu que la mer nourrit au lieu d'éteindre,

Ont dévoré leur proie avant que de l'atteindre.

Ainsi les factieux, maîtres du Portugal,

Un moment fatigué d'un combat inégal,

Pensoient-ils sur l'Espagne étendre leur puissance,

Et vaincre, cette fois, par la seule influence

De leur siège voisin le peuple redouté

Qu'ils avoient jusques-là vainement convoité.

Téméraires projets qu'une main étrangère

Avoit formé pour eux, et qu'alors la première

Elle avoit répondu de faire réussir.

Mais non, les Portugais aimeroient mieux mourir

Que de voir de leur roi déplacer la couronne;

C'est en vain que l'Anglais médite, ambitionne;......

Le prince, qui de lui bientôt triomphera,

Vienne l'a conservé, Londres nous le rendra,

Non tel qu'à ses leçons elle eût voulu l'instruire;

Il les écoutera, mais pour les mieux maudire.

Le Portugal attend l'héritier de ses rois,

Don Miguel proclamé vient donc venger ses droits.

Qu'importe un potentat que son peuple renie,

Puisqu'en changeant de sceptre il changea de patrie?

Ses volontés ne sont qu'un rêve ambitieux;

Qu'il garde une couronne, il n'en peut avoir deux.

S'il croit qu'on obéisse à sa voix menaçante,

C'est qu'une nation forte, mais imprudente,

Qui voudroit à son gré régenter l'univers,

Lui promit des succès, sans prévoir ses revers.

C'est ainsi qu'aussitôt que flotta la bannière

De l'illustre héros dont la voix chevalière

N'invoqua pas en vain l'honneur du Portugal,

L'Anglais, croyant en lui rencontrer un rival,

A briser ses efforts attacha sa puissance.

Chaves eût-il voulu supporter en silence

Que le peuple abusé pût permettre et souffrir

Que, sous un vain prétexte, on osât lui ravir

Du sceptre de ses rois l'antique indépendance !

Le cri de liberté qu'enfante la licence

Venoit de ranimer la fureur des partis.

Chaves s'était armé pour sauver son pays.

Chaque jour augmentoit sa légion fidèle ;

Bientôt il mesura ses succès à son zèle,

Et déjà secondé par de vaillants soldats,

Avec eux il courut affronter les combats ;

Et l'on vit son épouse, émule de sa gloire,

Partager avec lui l'honneur de la victoire.

Mais seule, en d'autres points, elle sut commander ;

Partout à son attaque obligé de céder,

L'ennemi repoussé rendoit à son courage

Les villes et les bourgs placés sur son passage.

Les révolutions enfantent les héros ;

La Vendée eut les siens, ceux-ci leur sont égaux !

Le monstre cependant dressoit sa tête altière,

Mais seul il n'eût jamais triomphé de la guerre ;

Replié sur lui-même et reculant toujours ,

Il alloit succomber, si le fatal secours

Envoyé d'outre-mer pour venger sa défaite,

N'eût alors converti sa honteuse retraite

En de nouveaux combats, où l'Anglais fut vainqueur

Chaves, ayant en vain épuisé sa valeur,

Touche le sol français, cette terre chérie,

Du malheur en exil généreuse patrie;

O mon pays! ô France! oh pourquoi tes destins

N'ont-ils donc pas voulu que deux peuples voisins,

Tour à tour accablés de la même infortune,

Menacés tour à tour d'une perte commune,

N'aient pas, l'un comme l'autre, obtenu le secours

Qui sauva l'un des deux, le vengea pour toujours?

France si généreuse, oh pourquoi ta puissance

Dut-elle cette fois céder à l'influence

D'une cause étrangère, et quel arrêt fatal

Prononça que sans toi bientôt le Portugal

Devroit se délivrer de la main ennemie

Dont l'Espagne se vit par toi seule affranchie?

Quelle gloire nouvelle eût paré tes lauriers,

Si, par d'autres exploits semblables aux premiers,

On eût vu triompher tes armes dans Lisbonne,

Pour proclamer un roi, pour raffermir un trône!

Qu'ils l'eussent désiré, tous ceux dont la valeur

Couvrit le nom des rois d'un éternel honneur!

Mais surtout les enfants de la terre chérie,

Pays toujours fidèle, orgueil de la patrie,

Eussent, avec transport, pour de justes combats,

Offert au Portugal leurs plus vaillants soldats.

A leur tête on eût vu l'orphelin du Bocage,

Et d'un oncle et d'un père emprunter le courage,

La Rochejaquelein ! et le nom des héros

Fut sorti tout entier du milieu des tombeaux.

Cette gloire pourtant, par Henri ¹ demandée,

Il va la conquérir dans une autre Vendée,

Il a mêlé son glaive au glaive des chrétiens,

Puisqu'ils ont pour drapeau la croix des Vendéens ;

Et le premier Croissant qu'ait déployé l'impie,

Henri l'arrache aux Turcs, et l'offre à sa patrie !

....Mais quel est ce vaisseau dont l'aspect imposant

1. Henri de La Rochejaquelein, fils de Louis de La Rochejaquelein, sert en qualité de volontaire dans l'armée russe contre les Turcs.

Apparoît dans les mers? et les flots et le vent

Semblent précipiter son rapide passage ;

Qu'il a de majesté sur les ondes du Tage !

C'est qu'il porte avec lui le monarque exilé

Qui fut de ses états trop long-temps dépouillé,

Don Miguel, jeune encor, mais noble et magnanime,

Qui vient se ressaisir du sceptre légitime

Qu'on ose vainement disputer à ses droits.

Son peuple lui promet d'obéir à ses lois,

L'érige en souverain, le presse, le conjure,

Alors à ses serments on dit qu'il fut parjure [1].

---

[1] Le serment de Don Miguel n'est pas authentiquement prouvé ; mais existât-il, ne pourrait-on lui appliquer l'*axiome* « Nul serment qui n'est à faire n'est à tenir ? »

Quoi donc ! auroit-il dû forfaire à son pays

En laissant pour jamais ses sujets asservis

Au perfide étranger qui trompa son jeune âge ?

Non, mais il peut encore effacer cet outrage.

Qu'importe à son devoir un étrange serment

Qu'exclut la bonne foi, que la raison dément ?

Son peuple à ses genoux a porté sa prière,

C'est son peuple avant tout qu'il devra satisfaire.

L'Anglais de son honneur lui put faire une loi,

Mais il n'est plus sujet quand enfin il est roi !

C'est à lui désormais qu'appartient la puissance,

Et bientôt il saura réprimer l'insolence

De quelques factieux soulevés de nouveau.

Déjà je vois flotter le sinistre drapeau;

Mais aussi j'aperçois se mouvoir les armées

Protectrices du roi, près de lui rappelées;

Au signal de son glaive, elles vont à leur tour

Déployer l'oriflame, et dès ce même jour,

Le monstre succombant aux efforts de sa rage,

Le calme renaîtra, comme, après un nuage

Qui ravissoit la terre au céleste flambeau

Le ciel paroît plus pur et le soleil plus beau.

Et vous, nobles soutiens d'une cause si belle,

Vous qui serez écrits sur la page immortelle,

L'histoire des conseils, l'histoire des combats,

Retiondra vos deux noms *Chaves* et *Canellas*;

Rivaux de dévouement, modèles de sagesse,

Servez de mon héros la royale jeunesse;

Exemples de constance et de fidélité

Vous resterez unis dans l'immortalité.

FIN.

www.ingramcontent.com/pod-product-compliance
Lightning Source LLC
LaVergne TN
LVHW010252060726
842527LV00007B/2752